청춘의 기억들

청춘의 기억들

살고,

보고,

느끼고,

생각하던

순간의

조각들

한상우松山 시집

문학공감

시인의 말

시(詩)란 무엇인가?

살아오면서 보고, 느끼고, 생각하는 반복되는 순간 속에서 가장 나에게 충실한 감정을 글로 옮겨놓은 결정체라고 본다.

50을 바라보는 나이에 와 있으면서도, 마음은 아직도 청춘(靑春)이다. 늙어가는 것을 애써 인정하고 싶지 않은 마음속의 저항일지 모른다. 아직 청춘이라고 생각하는 착각에서 벗어나기 위해서 그동안 일기장에 써놓은 글들을 하나하나 정리해 보기로 했다. 많은 시간이 지나가고 있었고, 많은 일들도 있었다. 시련도 있고, 슬픔도 있고, 행복함도 있었다. 독서를 통해 내 생각의 깊이도 조금씩 성장하고 있었다는 것도 알 수 있었다. 나와 함께한 시간들, 나의 소소한 역사를 정리하는 작업들을 하면서 마음속은 뿌듯함으로 가득하였다.

고향의 풍경을 좋아하고, 사람의 마음속에 자리잡고 있는 순수한 마음을 좋아한다. 더 나아가, 인간과 모든 생명체들의 공존을 지향한다. 모든 생명체들이 존재하는 환경을 생각한다. 앞으로도 함께할 시간들을 우리 스스로에게서 방해받지 않도록 생각들을 많이 나누고 싶다.

시집을 낼까 말까 생각의 번복을 많이 하였다. 무자비한 시간의 속도 앞에 주저하는 것은 후회로 남을 수 있다는 생각도 하였다. 용기를 내어 출판을 하기로 결정한 것은 청춘(靑春)을 이쯤 해서 버리기(?)로 마음먹기 위해서이다. 좀 더 어른이 되기 위한 나만의 다짐으로 여겨주면 고맙겠다. 좋은 생각들을 모으고 모아 내가 사는 동안 활용하고 싶다. 가족 모두에게 감사를 드리고, 나와 함께 하였던 모든 분들께도 감사를 드린다.

2021년 한여름
고양에서 고향을 생각하며 松山

5

목차

제2부　　　가을 저녁나절의 기억

제3부　　　일상의 행복

제4부 　　　　사계(四季) 예찬

제1부   존재의 의미

삼천포행 버스

1993.11

삼천포 가는 완행버스에 오르자
난데없이 삼천포로 가고 싶은 마음이
충동질한다.
집으로 향하는 사람들의 모습이 정겹게 느껴진다.
모두가 내 형제요 내 어머님이시다.

축동 어귀에서 몸을 가까스로 일으키어 버스에서 내린다.
버스는 가고 슬그머니 뒤를 보니 아무도 없다.
어둠이 내리는 길
좀 걸어오면서 발길은 무거워지고, 집 생각이 간절하지만
가겟집 꼬마 아가씨 생각을 하며 걸음을 재촉한다.

내 조카와 비슷한 나이에 깜찍하고 귀여운 외모에
장난기 어린 모습을 보면 순간 부대 앞 심란함은 사라진다.

할머니께서 컵라면에 김치까지 그리고 몇 개의 감귤까지
주머니에
넣어주면 저녁 안개를 뒤로하고 다음번 외출 날을 손으로
세어본다.

철책선 따라 부대 복귀

1994.11

철책선을 따라 본 궤도에 들어섰다.

석양 놀은 온통 나와 모든 것을 빨갛게 물들이고

가냘픈 코스모스는 고개를 떨군다.

손에 시려움이 느껴진다.

멀리 초소의 불빛이 희미하게 들어온다.

뚜벅뚜벅 걸어가며 이런저런 생각하다 보면

어느새 초소 앞

모든 잡다한 생각은 스톱

복장 차렷, 태도 차렷

초병에게 따뜻한 캔 커피를 건너 주며

주고받는 인사

재미 많이 봤소오…….

새벽

1994.9

정적, 그리고 밀려드는 빛의 미세한 움직임
공산(空山) 속 그림자처럼
도깨비인지 사람인지
꿈틀거리는 소리는 나지만 그저 낯설기만 하다.

산과 하늘선이 이등분한 세계 속에서 그저 나는 하찮은
사물의 하나일 뿐

어디선가 날아올 듯한
부메랑처럼
파아란 공간 속 깊은 대문,
그 대문이 열리면
이윽고 하루의 역사는 시작된다.

황소의 누런 헛기침처럼
달려나오는 그 인파, 차파(車波)들
고요함은 순간처럼 사라진다.

충전된 에너지를 머금고

새롭게 시작하는 오늘이 온 것
본능처럼 요동치는 모든 생명들
사람들이 판치는 세상 속에 많은 것들이 변화한다.
햇빛은 유리창을 밟고 날선 창끝처럼 번쩍인다.

꿈

1993.7

나는 사뭇 나 자신을 생각하곤 한다.
그럴 때마다 나는 뭔가 허전함을 느끼곤 한다.
새까만 똥개 새끼마냥 순수하고 귀여웠던 어린 시절의
기억이며
들꽃처럼 꾸밈없이 피어오른 사춘기의
꿈마냥 즐거웠던 그 순간이며
창공으로 이륙하는 항공기의 포효(咆哮)를 들으며
파란 꿈을 그리며 향수에 젖은 아름다운 순간들이여

나는 지금 마냥 추억의 강에서 헤어나오지 못하는
물고기처럼
바둥거리지는 않는지
현실의 길은 한순간도 쉽지 않다는 것을

오늘따라 왜 이리 별들은 총총하게 떠오르는지
별은 내 마음속에 꿈으로 박힌다.

침낭 속에서 새까만 별빛의 우주를 그려본다.

18

가을무제 1

2002.10.11

시푸런 하늘 사이로
가을햇살이 드리워진 들판 끝을 보며
들판 끝에 서보고 싶지만
의지가 없어 그냥 앉아있습니다.

소중한 시간들도 무얼 해야 될지 방황 끝에 녹아
과거란 한 줌의 재들로 사라졌지만

들판 끝에 가면 그 시간도 새로 찾을 수 있겠지요.

가을무제 2

2002.10.10

가을도 이미 중턱이로세
오곡백과 들녘은 자체가 인간 세상의 배부름일세
천고마비라
이내 인생도 벌써 30년 묵었다니
금방이로세

인생초로라
풀잎에 맺힌 이슬 한 방울처럼
언제 자연으로 스며들지 모르는 것이지만

코스모스 길가에서 앉아 높은 하늘을 보니
하얀 구름 속에 묻히어
인생초로(草露)가 귓가 바람으로 지나가는구나

20

옛날 그때를 생각하며

2004.6.18

여름도 한참
그대로 중하(仲夏)다.
논두렁을 다지며 땀 흘리던 농부들의
발놀림이 생각난다.
우리들은 그저 아무 생각 없이 지하철을 타고
현대문명의 가운데서 헤매고 있지만
그 발놀림은 심히 유쾌하게 내 머릿속을 흘러빠진다.
작열하는 태양이 머리 위에 와 있다.
개구리도 땀을 흘린다.

깊은 산속 아기 고사리

1991

산길을 향한다.
아침이슬 영롱히 빛나는
산길을 간다.

여기저기 미묘한
생명의 소리로
귀가 따갑다.

저기
살포시 고개 숙여
고운 듯
새벽이슬 고개이고

줄기는
햇빛 받아
어여쁜 옥비녀의 고생대 생명이 있다.

비록
세월의 어지러움 속에

몸은 작아졌지만
마음만은 예전과 같다.

사랑을 고마움으로
고개 숙여 감사하는 너의 마음은
영원히 아름답기만하다.

봄

1991

강아지 품과 같은
햇살이 머리에서 내 마음으로 내려오면
나는 왠지 아지랑이가 된다.

마른 들국화의 내음이 가득한
향수병을 열면
나는 더더욱 한가로워진다.

푸른 하늘 속
돛단배의 하얀 자국이 유난히도
맑게 내 마음에 와닿으면
나는 어디론지 떠난다.

오늘도 끝난 셈이다.
봄빛만 보아도 설레는 하루이다.

가을에의 초대

1992

청명하게 빚어진
세상이 더욱 굳어진 윤곽 아래
이어져 있다.
새파랗게 갠 호수 속은
빠져 죽을 만큼 깊어 보이고
이리저리 흩어져
앞서거니 뒤서거니 하며
놀고 있는 잠자리 놈들은
계절을 재촉한다.

가을, 공원에서의 사색

1995

바람 따라 날려온
하얀 종이를 주어
무심코 뒷면의 여백을
채워본다.

현실!
그것은
언제나 세찬 파도
나는 그 파도 위에 돛단배

이상!
그것은 언제나
달콤한 꿈
그리고 나는 그 그림 속의
기운찬 주인공

나는 하나지만
서로의 놈을 인식하지 못하는
정반대의 두 주인공

바람 속에 흩어지는 나의 모습을 보며
여전히 쫓고 있는 나는 나의 동반자

가을 무제

1992

나는 안다.
이 가을의 고독을
허공 속 떠다니는
하얀 구름, 그 사이를
어지럽게 맴도는
잠자리도 모르는 고독을

나는 안다.
이 가을의 숙연함을
고목의 높다란 가지 사이로
운명을 잘 알기에 색바랜 이파리가 떨어지는
대자연의 마음은 한없이 잔잔하다.

나는 안다.
이 가을의 아름다움을
모든 것은 아름다운 추억이라는 것을

무제

1996

초가을
맑게 드러난 하늘 사이로
쏟아져 내려오는 별빛만큼이나
내 마음도 가벼웁다.

고개 숙여 고향을 생각한다는
한시(漢詩)의 한 구절도 이제는
먼 옛날 일처럼
잊혀버린 삭막한 도시 공간
그러나 오늘처럼 별빛이 생생한 것을 보면
내 마음은 고향으로 돌아간다

아카시아 꼭대기에
성탄절 트리처럼
빛나고 있는 별을 보며
그곳이 얼마나 먼 나라인지 생각해보면서
그저 편안해지는 마음
시커먼 아스팔트 위의 초인(超人)들에게도
희망의 별빛이 되었으면 한다.

고향 1

2006.8.15

정겨웠던 곳, 우리 아버지가 살았을 듯한
시골 마을
그러한 곳이 가고 싶고
머릿속에 맴도는 것을 보면
나도 나이가 들었구나 느끼면서도
갈 수 없는 속세의 굴레가
크기만 하다

강가를 따라 흐드러져 있는 조팝꽃과
정겨운 비포장 시골길
힘찬 물소리에 금빛자랑 뛰는 물고기
온통 둥굴둥굴 조각이 된 너럭바위들
그리고 요강바위…

어쩜 인민군이 어디선지 나타날지 모르는
시골 촌마을이지만
인민군이면 어떠랴

흘러흘러 바다로 가는 세월의 흐름과 같아

사람 또한 늙으면 아무것도 다 소용없다.
그저 자연으로 돌아가는 것만이 남아있어
별난 욕심없이 살란다.

내 마음속의 고향, 그곳이 가고 싶다.

시간의 흐름

2007.12.7

나는 어느덧 아빠가 되고
어느새 둘째 애도 가지고 있는 아버지가 되었어요.
옛날에 우리 아버지가 날 놔두고 이승을 떠나
먼 하늘나라로 향할 때 심정도 이제는 알 것만 같군요.

어머니는 항상 제 곁에서 사랑을 주셨습니다.
그래서인지 큰 어려움 없이 컸습니다.
이제 우리 애들도
그러한 사랑 속에 클 수 있도록
나무가 되어 줄래요.

겨울바람에 차가운 방바닥이 싫어서
어머니 품속으로 파고들었던
그 옛날도 30여년이나 지났지만
그때가 즐거웠던 것은 아닐런지요.
우리 애들에게도 그러한 즐거움을 꼭 줄래요.
그래야 사랑을 알 것이니까요.

오늘 이 시간, 이 시각도 흘러흘러 과거가 되어

내 등 뒤로 사라지고 있지만
거꾸로 모아 즐거움을 쌓는 유쾌한 인생살이, 여행 속에
우리 애들과 함께 그냥 타고 가는 거죠.

또한 나의 어머니도 그 여행 속에 꼭 계시구요.
우리 마누라도 있구요.

여름날

2008.8.10

하얀 뭉게구름이 하늘 여기저기를
덮는 세 시 반 정도의 그 여름날

논두렁에서 꼴을 베는 소년의 여름 인생

주위는 적막하리만큼 녹음이 가득하고
오로지 이마에 송글송글 맺힌 땀이
여름을 말하고 있다.

가끔씩 찾아오는 남풍이
휙 지나가면 힘든 것도 그만,
금세 꼴망태가 채워진다.

집으로 향하는 소년의 머리 위엔
큼지막한 뭉게구름이 영문없이 따라온다.

여기에 형의 재촉 소리, 빨리 와 쌔까……

늦여름의 밤비

밤늦게 비가 시작됐어요
계절이 바뀌는 비 같아서 왠지 정겹지 않습니다.
시간이 지나가는 것이 언젠가부터 이리도 아까운지,
돈보다도 소중한 시간입니다.
단풍 들고 낙엽 지고 눈 오고
시간이야 숙명처럼 오는 것이지만
마음만은 항상 유년 시절에 있습니다.

밤비가 언제 멈추려는지…….

춘천 청평사

2012.11.4

단풍잎은 붉은 꽃처럼 피어 파란 하늘과 대별되어
있습니다.
구송폭포의 아늑함과 물줄기는 선인의 자취가 있었을
곳입니다.
바위 꼭대기에 있는 3층 석탑은 지나가는 나그네를 숨어서
보고 있습니다.
약수터는 사람의 향기로 가득하고요.
대웅전의 부처님은 자비로운 미소로 중생을 바라보고
있습니다.

절집은 항상 환하게 열려있습니다.

영월, 정선에 대한 일감

2012.8.13

태백산맥의 준령들이 높다랗게 솟구치고,
어김없이 산이 크니,
물줄기도 크게 생기는 법,
동강, 서강 등 남한강 수계에 속하는 여러 하천들이
기암절벽을 따라 만든 대자연의 장관.
그 영월 땅에 맺힌 단종의 한도 너무나도 애달프고,
일제시대 금광 채굴을 위해 노역에 시달렸을 우리
조상님들의 한도 애달픈데,

하여튼 정선아리랑의 구성진 노랫가락에 머릿속 잡념은
모두 잊어버렸습니다.

역시 강산무진(江山無盡)······.

남원 주천 용궁마을

2012.8

용궁(龍宮)마을,
내(內)용궁과 외(外)용궁을 합하여 용궁마을
주천면사무소 소재지인 장안(長安)이란 이름도
당나라의 수도(首都)인데
용궁마을은 이미 속세를 벗어난
차원이 다른 세계의 이름입니다.
용궁은 장안에서 오르막길로 오르면
산자락이 내려오는 경사면에 들어서있는데,
계곡과 계곡물을 담은 방죽이 2개나 있고,
용수사란 절집의 간판도 보입니다.
여느 농촌마을인 듯하지만,
항아리 속처럼 꼭꼭 잘 숨어 있어
용궁으로 불린 것인지? 생각해봅니다.
알아보았더니 이곳은 산수유로 유명한 곳이고,
지리산 둘레길이었습니다.
300년 된 마을의 정자나무는
우주목(宇宙木)처럼 마을을 지키고 있었지만,
아쉽게도 산수유 고목은 못 보았습니다.
산수유는 못 보았지만

별들이 유난히도 총총한 여름밤의 정경은
천상의 우주여행을 온 이방인처럼
나를 가볍게 만들었습니다.
우주와 지상의 용궁,
별들을 헤아리고 또 헤아리며 마을 한 바퀴 돌아봅니다.
내 머리 위에는
별나라들이 총총하게 빛나고 있습니다.

공주일감

2013.11.24

고마나루, 웅진성
웅진성은 만추(晩秋) 속 온갖 새들이
그 바람 속에서도 떠들썩합니다.
고즈넉한 오르막길은
여행객의 발걸음과 숨통을 편하게 합니다.
쌍수(雙樹)산성이라고 하는 이유,
인조가 이괄의 난을 피하여
이곳까지 와서 안도를 하였으니,
요새 중의 요새겠지요.
쌍수는 그때 심었다는 나무 두 그루,
하여튼 이야기가 있어 즐거운 곳이로군요.

무령왕릉의 석수는
보면 볼수록 재미있고 신묘한 동물
진묘수라고 하는데
그 모양이 꼭 돼지를 닮았네요.
마곡사, 태화산 마곡사는 춘(春)마곡이 제일이지만,
지금도 장엄하고 아름답게 보입니다.
김구 선생이 이곳에서 잠시 출가했다는 이야기는

책 속에서 보았지만,

이곳에 오니, 선생이 기거했던 방안을 보며,

이곳을 어떻게 알고 오셨을까 하는

궁금증이 더해집니다.

마곡사 찬바람 속에 그래도 추객(秋客)은 즐겁습니다.

부여일감

2013.11.24

성왕의 부흥의 꿈이 관산성에서 사라지던 날
절망 속의 백제민들은 사비성에 모여
앞날을 걱정했으리라.

백마강 물줄기는 만만년을 흘러 서해로 향하고
낙화암의 슬프디 슬픈 역사는 어느새
하얀 백사장과 함께 수장되어버렸다.

고란사 약숫물에 목을 축이고
다시 한번 금강을 뒤돌아본다.

소정방의 무례함을 아직도 안고 있는 석탑
정림사지를 뒤로하고 시간의 흐름을 거꾸로
웅진성으로 향한다.

고마나루, 고마나루

강천산 예찬

2013.9.22

물 맑고 산 좋은 옥천의 보배
강천아! 예나 지금이나 그 자리에 있어
할아버지, 아버지, 내 벗이 되어 주니 고맙구나!
세월 따라 흐르는 물도 어찌 보면
그 물이 그 물이로다.

바위에 새긴 우정은 끝이 없어 보여, 아름답구나.

네 모습 한결같으니,
내 마음도 한결같이
정갈하게 챙기련다.

해남 대흥사에서

2011.7.19

우레같은 장대비가
너무나도 시원하여
지나가는 산길이
가슴속 깊이 새겨진다.

그 언젠가 지나갔던
추사와 초의선사의 만남의 길을 쫓아
애써
풍광을 머릿속에 기억하여 둔다.

일주문을 지나
산문으로 들어서고,
계곡물은 그 옛날 물과 같이
반갑게 맞이한다.

세속과 단절이라도 하듯
지나가는 다리에 서서
몹쓸 기억과 나쁜 마음을 떠내려 보낸다.
흘러흘러 결국 바다 되는

일즉다(一卽多), 다즉일(多卽一)
하나다.
모든 것은 하나인 걸

해탈문을 넘는 순간 펼쳐지는
부처의 세계에 합장해본다.

멀리 안개 낀 와불이
고개를 돌려 나를 보고 미소 짓는다.

이 정도면 나도 부처다.
처마 끝에 서서 아이의 웃음을 보면서
인연 참 좋다.
세상에 온 것이 좋은 것이구나.

추석행차

2013.9.22

귀성길은
내가 좋아하는 정당이 앞서가고 있는
선거방송 같은 시간

귀경길은
내가 싫어하는 정당이 앞서가고 있는
선거방송 같은 시간

제주예찬

2013.9.14

제주도는 무엇이 많아 삼다(三多)일까요?
바람, 돌, 여자라는데,

저는 바람, 돌, 야자수로 바꾸고 싶어요.

남국(南國)나라 야자수 가로수와
현무암 돌담은
역시
제주도 풍경의 압권이죠.

그리고 돌담 너머로 보이는
노오란 감귤들은 보고만 있어도
이곳이 육지와 다르다는 것을 일깨워줍니다.

한라산, 시퍼런 바다, 그리고 아열대림

제주도가 있어 좋다.

침대에서의 고향 생각

2013.8.11

늘 그리운 마음의 끝자락

평까끔이며, 솔모랭이며, 건너 뜰이며, 샛골이며….

손에 잡힐 듯한 어제의 추억이 담겨있다.

누런 양쟁이 주전자에는
갓 물속에서 나온
어린애 입술보다 붉은 오두개가 빛을 내고 있고,
코카콜라 병 속에는
같이 놀고 싶은 피래미가 영문도 모르고
먹을 감고 있다.

들판은 파도처럼 푸른 냄시로 가득

태양은 정수리

마을 입구에는 큰 바작 가득 풀짐이 실려 있는
아버지들의 집으로 향하는 러시 행렬,

외양간 소는
벌써부터 보채기 시작한다.

아이스케키 장사치는
정자나무에 진을 치고 애들을 유혹하고,
한낮 버스는 한가로이 먼지를 한가득 내며
서림으로 향한다.

남원예찬

2013.8.11

여원치 넘어 운봉고원
파란 하늘 하얀 뭉게구름 두둥실
가왕 송흥록의 판소리 목청이
초록물결로 바람 따라 쏟아진다.

그 옛날 운봉은 요새 중의 요새, 남원의 보물

완주 화암사

2011.7.19

화암사 우화루에
꽃비가 휘날리면 내 마음은
어느덧 신선이 되어
훨훨 산 위에 앉아 있다.

불어라 바람아
휘어청 흔들리는 바위 뒤에 숨어
부처를 꿈꾼다.

장수군 천천면 친구 고향에 대한 일감

2009.7.26

친구로부터 어머니께서 돌아가셨다는 짧은 메시지를
받았다.

어머니 연세는 우리 어머니와 동갑이어서 항상 친구와
이야깃거리로 꺼내곤 했던 친구와의 단골 소재이다.

고등학교 시절, 집을 떠나 하숙 또는 자취를 하던 때라
우리는 향수병에 걸려있었다. 둘 다 막내였기 때문에
어머니 품이 항상 그리웠다.
서로 집에 다녀온다고 하면, 똑같은 처지라, 고향과
부모님에 대한 생각은 같았다.

사회인이 되어서도 항상 자기 고향에 대해 이야기하곤
했던 곳이라 평소에도 궁금했고, 어머니도 2번이나
인사드렸던 터라 친구가 몹시 보고 싶었다.

구름 낀 하늘을 재치고 가니, 그곳은 역시 고향 냄새가
물씬 배어있는 고향땅 그 자체였다.
마을 앞 논에서는 농약치고 있는 농부들의 줄 당기는

모습이 보이고 예전에 맡았던 농약 냄새가 향긋한 향수로
무지개처럼 뿌려진다.

마을 앞으로는 냇가, 즉 천천(장수군 천천면)이 흐르고 천천
뒤에는 마을의 진산격인 산이 나지막하고 길게 늘어져
있고, 마을 앞에는 작지만 널찍한 논이 천을 따라 펼쳐져
있어 마을 이름을 '평지'라 했을 법하다.

마을 입구에는 수령이 오래된 느티나무가 두 그루가
있는데, 한 그루는 낙뢰를 당하였는지 큰 가지가 천 쪽으로
드러누워,
마을 사람들이 콘크리트 기둥으로 지지대를 만들어놓아
그나마 넘어지지는 않을 성싶다.

사람들이 물놀이와 낚시를 하는 풍경이 그래도 물 좋고, 산
좋은 곳인지 알겠다.

마을 입구에 누군지 모르겠지만 공덕이 있는 사람의
시혜비가 바위에 새겨져 있는 것이 눈에 띈다.

친구 얼굴을 보고 위로하고, 어머니께 마지막 인사를
드렸다.
천천을 따라가면 용담과 죽도가 나온다는 친구의 말을
듣고,
죽도장군 정여립이 잠깐 스치고 지나간다.

어머니의 명복을 다시 한번 빌면서 발길을 재촉하여
집으로 오다.

존재의 의미

지금 존재하고 있는 내가 진정 나일까?

그것은 아닐 게다.

나라는 존재는 나와 동떨어진 현실에서 구조선만을
기다리는 나약한 존재로서 파악된다. 지나친 이성으로
가장하고 싶은 감성에 억눌려 현실에 굴복해야 하는
나는 나와 다른 사람으로 발전된다. 나라는 세계는 결국
언제든지 현실의 굴레에서 멀리 있는 꿈만을 바라볼
뿐이며 현실과는 무한히 경박하는 사이가 된다.

나? 어렵다.

제2부   가을 저녁나절의 기억

학교 뒤 산길을 오르며

1996.8

나는 어김없이 그날도
그 계단을 내려오고 있었다.
두 면이 벽으로 감싸인 그 계단에
발을 붙이면 내 방이라도 온 듯
따뜻함이 가득했다.

쿵쿵~ 철제로 된 그 계단을 내려와
하수도 맨홀 뚜껑을 힘차게 밟으면
학교는 지척이 된다.

저녁 하늘
차가운 이슬 속에 걸음을 재촉이면
이내 나의 책상과 의자가 있는 강의실에 다다르고
주위의 몇몇 친구들과 경쟁이라도 하듯
하얀 종이 위에 낙서를 갈기면
시간의 개념은 사라지곤 한다.

커피 한 잔에 쓴 잠을 달래가며 책장을 넘기면
이내 돌아갈 시간,

아까의 그 계단을 밟아 왔던 길을 되돌아간다.

걸음은 무겁지만
서서히 오르는 계단을 웅장하게 울려보며
나의 존재를 깨달아 본다.
쿵쿵~
세상에 하나밖에 없는 나의 존재를
누구에게 알게 했으면.

눈동자

물끄러미 쳐다보는
그녀는 마치 얼이 빠진
술집 작부(酌婦) 그대로요.
눈먼 모습이 정말 그대로요.
나는 그래서
그 눈빛이 그저 슬프다오.
초롱초롱
별빛이 눈에 박힌 듯한
새까만 눈동자, 그 눈동자 속 빛처럼
영롱한 아침 이슬이
나를 촉촉하게 적셔주기를 그저 바라오.
그것은 행복한 오만인지.

나는 유독 눈동자를 좋아하오.
특히 새까만 눈동자를
희망이 넘실거리는 그 눈동자,
그립소

겨울의 인사

1998.11

어둠이 깔린 하늘
날카로운 바람 사이로
회색빛 구름이 그렇게도 빨리 움직여요.

차가워진 손마디 마디 사이로
새어 나오는 당신의 하얀 수증기가
허공 속으로 사라지는 것을 볼 때
양 볼은 빠알갛게 달아올라 있군요.

길을 온통 메운 가을의 흔적들이
어지러운 모습으로 끌려다니지만
누구 하나 말릴 사람 없고요.

겨울의 전령(傳令)인 붕어빵과 어묵국물만
활활 타오르네요.

시커먼 구름 사이로 쏟아지는 눈바람이
집을 재촉하는 겨울

제비꽃

1998.11

양지바른 곳
맑게 다듬어진 뜨루 돌 사이에
보얗게 돋아난 꽃잎이
너무나도 아름다워 아이를 멈추게 한다.

아이구, 꺾으려다 넘어지는 아이의 코

봄빛이 가장 따스한 곳에서
돋아나 그윽한 향기로 내 마음 유혹하니
아무 마음 없다.

아이처럼 작지만
할머니처럼 점잖은 표정으로
나를 보는 보랏빛 얼굴

등 뒤엔 햇님의 신비스런 마술이 걸리운다.

아이는 어느새 새근새근, 무아의 세계

고가(古家)

2019.1.6

석양의 햇빛이 따스하게 앉혀 있는 어느 기와집
고색이 된 기와와 세월에 바랜 툇마루
기둥의 갈라진 틈 사이로 스며 나오는 옛집의 향기 속에
스쳐가는 대나무 바람소리

주인은 어디 가고
남은 집은
방마다 음식 손님들 이야기 소리만 들리네

인걸은 가도 집은 남아 터를 지키다 지쳐간다.

긴 기적소리 일성 철마질주

2014.6.15

철마는 달리고 싶다. 마음껏
평양, 신의주, 함흥, 금강산, 개마고원……
우리 땅, 우리 강산
너무나도 힘차게 훌쩍 뛰어넘고 싶을 게다.
무엇이 이리도 막는지
기차는 숨을 죽인 채
먼 하늘을 보고 있다.

통일, 그것은 우리 조국의 희망!

산속 가을 오후

2002.11.

적적한 하늘 아래
홀로 놓인 쓸쓸한
쓰디쓴 잔
그 잔 속에 두둥실 빠질 것만 같은
깊은 산 속

어디선가
푸드덕 날아오르는
하얀 연기

그리고, 다시 고요함

봄이 오는 나무의 모습

1995.4

가느다래 내려트린
푸른 손은 금방이라도 쏟아져
호수에 비춰지네.

새하얀 모시 솜에
곱게 모셔진 아기씨
무등타듯 솟구치어
미소를 드러내니
그윽함이
더해가네.

봄이 오는 길목에서의 사색

1995.4

툇마루에 걸쳐앉아 춘(春)의 전령소리를 들어본다.
단비 내려 땅속까지 스며들어
와(蛙)선생 친구들 잠을 깨웠는지.

촉촉해진 여유로움과 한 조각의 티끌까지도
모두 내려앉은 느낌,
고리봉은 어느새 지척이 된 오랜 친구처럼
다가와 앉는다.

모든 심통을 잊고 양지(陽地)로 나아가 본다.

역시 모든 것은 그대로이다.
조물주께서 만드는 그대로의 잔치인 것이다.

왕릉

1998.4

작은 산
잔잔한 소나무 어우름에
말쑥이 내보이는 임금님의 집

호령하던 문무백관은
석(石)이 되어 그 뒤를 따랐으랴.
근엄하고 무시무시한 그때의 모습 그대로
한 치의 여심 없이 서로를 마주보네.

정적과 근엄의 세계 속
시퍼렇게 열려있는 하늘은 좁디좁은 창(窓),
먼 하늘 꿩 나는 소리에
잠이 깬
석마들은 발을 구르는데

바람 소리에 어디선가 나타날 것만 같은 연(輦)

나의 생각

1994.9

인생은 더없이 짧아서
새로움이 없으면 사는 것 같지 않고

순정은 더없이 아름다워
고결함이 없으면 물속의 모래처럼 사라져버리고

사랑은 더없이 뜨거워
열정이 없으면 하지 않은 만 못하다.

병영 어느 여름날의 오후 휴식 - 사천 비행장

1994.8

오전에 잔뜩 흐리다가 점차 구름이 엷어지더니
정오가 되니 태양의 힘이 솟구친다.

하지만, 가을은 메뚜기를 전령으로 보내어 여기저기를
갉아 놓는다.
올여름 덥다, 덥다 하더니만, 지구는 돌고 있었다.

활주로 근처 배수로에는 왜가리 서너 마리가 한가로이
식사를 하고 있다.
굉음이 솟구쳐도 관심없다.
유유자적(悠悠自適), 유유상종(類類相從), 나의 친구들

시간의 두려움

세월이 지나 한세상 바뀌면
모두 변한 모습으로
나타나 서로를 보겠지?

달라진 나의 모습
달라진 너의 모습

우리는 시간 앞에서 총도 대포도 소용없다.
지금도 1초, 1초 한 방씩 맞고 있다.

시간은 무서운 우리의 적(敵)

시간을 이길 수 있는 법,
그것은 끝없는 고행 속 떨어지는
군더더기를 줄이는 법일 뿐.

오로지 수본진심(守本眞心)이 최고

섬진강

2003.5

굽이 흐르는 강줄기는
가는 곳마다 마른 땅 적셔놓는
어머님의 손길

온 천지가 산과 강, 하늘
그리고 나

하얀 손위를 지나가는 물흐름이
나의 존재를 맑게 닦아 놓는다.

양평 남한강에서

2016.6.18

한강이 넘실넘실
방안을 내다본다.

기러기 한 마리 유유히
어디론지 향한다.

커피 한잔의 여유로움이
은파(銀波)가 되어 마음을 새롭게 한다.

사념(思念)이 업(業)을 만든다.

5월

1998.5

청산은 어이하여 막힘없이
푸르러
이 마음 싱그럽게 하누나.

푸른 물결
향 지긋한 내음 속에 잠긴
오월의 영혼들
그저 축복의 장단이라.

6월은 오지 마라
넘침과 부족함도 없는 아름다움도 아닐진대
뭐할라고 오려느냐?

가지가지
곱게곱게 뻗친
그이의 생명선
신비함이 감도는 오각형 꽃

나는 안다.

모든 것은 조물주의 뜻이라는 걸
그리고 나의 뜻은 아무 데도 없는 걸

희망의 봄이여

1998.4

양지바른
아무도 보지 않는 곳에서
그이와 햇살을 동냥한다.

지금까지 겪어온 아픔과 시련은
금방이라도 아지랑이로 녹이고 싶다.

노오란 개나리는 어사화(御賜花)처럼
희망찬 봄날을 알리고

열정은 우리를 축복하리라.

바다에서

2012.6

백사장 위를 지나가는 바닷바람
파아란 물결 위 보일 듯 작은 섬의 등대 위에
갈매기 한 마리
큰 날개를 펼쳐
멀리 남극을 바라본다.

짜디짠 물맛이 그윽한
용궁세상은
모든 생명의 근원

내 마음도 바다 속에 묻는다.

어머니 시집오던 날에 대한 생각

2019.2.6

열일곱
꽃다운 나이
아무 물정 모른 채
시집가야 한다는 할아버지의 말씀에
세상은 온통 깜깜한 벽이 되었으리라.

섣달 이십육일
고향집 떠나 오던 날
가마 타고 산과 내를 건너오는 신행길은
첩첩산중

날은 저물어가고
내 살던 집은 온데간데없이 자취를 감추어 버린
낯선 풍경
어머니, 아버지, 동생들 얼굴만 아른거릴 뿐
마음속은 허옇다.
오직 집으로 한걸음에 달려가고 싶은 생각만 가득,
현실은 그대로의 운명처럼 대문을 들어서네.
이런저런 치레를 마치며

하룻밤 지새고 돌아가시는 할아버지 뒷모습에
돌아갈 길은 아득히 멀어져, 북받치는 서러움에
정지문을 닫는다.

어머니 1

2005.10

항상 불러도
다시 부르고 싶은 당신
보아도
같이 있어도
보고 싶은 어머니

아버지 여의고
자식새끼마저 잃고도
한없이 슬픔을 간직하고도
자식걱정에
아직도
모든 것이 당신의 죄인냥
잠 못 드는 당신

당신은 영원한 나의 우상

삶에 대한 생각

2019.2

끽다거(喫茶去)

배움은 오로지 나에게서 오고,
차 한잔의 여운(餘韻)에서 묻어난다.

서두르지 말고
너에게, 우리에게 즐거운 존재가 되는 것
그것이 소중한 가치라고나 할까?

싸울 필요 없고 화낼 필요도 없다.
그저 찻잔 속의 고요함을 보라.

그 고요함은 오늘도 나를 가르친다.

10월의 마지막 날 수목원 풍경

2016.10.31

깊어가는 가을이
시원한 하늘 밑
노오란 은행잎 속 노랗게 익어 떨어질 것만 같은
똥냄새

시퍼런 하늘과 맑은 시야,
시원한 눈알 속
스카이라인은 한 폭의 그림

길다랗게 늘어뜨린 수양버들의 손들은
물을 좇아 연잎에 닿아있네.

실연(失戀)

2001.5.

4월이 지나가도
글 한 줄 쓰지 못했습니다.
떠나간 임이 그리워서
아니 너무 미워서

나는 행복했습니다.

사랑하는 마음이 내 마음 중심에 있어서
조금도 흔들림 없었기 때문입니다.

이제는 알 것 같습니다.
떠나간 임은 오지 않는다는 것을

그리고 미워하지도 않을 것입니다.
임의 행복을 고이 빌 것입니다.
떠나간 임이 미안해하도록

여름밤의 정경(情景)

2000.7.

여름밤의 밤하늘은 유난히 아름답습니다.
오늘도 별들은 총총히 밤하늘을 말없이 수놓고 있군요.

나는 가장 빛나는 별에 당신의 얼굴을 새겨봅니다.
당신이 이 세상에 있는 것만으로도 그저 좋습니다.

어두움은 별빛을 이기지 못합니다.
순수함은 모든 것을 이깁니다.
당신에 대한 그리움은 샘물처럼 깨끗하고 시원스럽습니다.

오늘도 나는 창밖의 당신을 보며 잠이 듭니다.

할머니와 종달새

할머니가 밭이랑을 고르는 동안
종달새는 새끼를 찾는지 짝을 찾는지 줄곧 울어댄다.

푸르름이 밀려오는
오월의 산자락

오직 소리라곤 할머니의 호미와 종달새,
그리고 먼 발취 삼림(森林)에서의 바람이 전부

도회지는
생각지도 못할 고요함의 세계가
같은 시간에 존재한다.

나는 늘 그곳에 있고 싶다.

이육사 선생님을 기리며

2019.2

백마 탄 초인의 모습을 선생님의 얼굴에서 단번에 읽을 수
있습니다.
하얀 한복을 입은 당신의 모습을 보면 시 속의 초인과
닮아있습니다.
유난히도 멋을 챙겼던 선생님의 20대 앳된 모습,
순수함과 의지를 가득 안고 있는 눈,
곱게 넘긴 머리카락과 반듯한 가르마,
전체적으로 정결하게 똘똘 다듬어진 모습에 그저
고개숙여집니다.

진성이씨 퇴계 이황의 14대손, 조부로부터 한학을 배우고,
양반집 자제로서 마음가짐과 교양을 자연스럽게 쌓았으며,
성격은 과묵하고, 속 깊은 성정과 대담한 결정을 할 수
있었던 굳센 의지와 기풍을 가지고 있었기에
독립운동가로서, 시인으로서 선생님을 살게 했습니다.

말술을 마시고도 끄떡없던 선생님, 시와 행동을
일치시키려했던 삶,
묵묵하게 자기 길을 가고자 했던 선생님은 초인을 넘어

86

우리 곁에
친근하게 앉아 있습니다.

우리는 선생님의 인생과 시에 대해 존경을 표합니다.

가을 저녁나절의 기억

2007.10

그 옛날
어머니께서 깨 털던 가을 저녁
불쏘시개를 지펴
아직 마르지 않은 깻대를
활활 타오르게 부채질하던 기억이 난다.

그땐
오늘 같은 날이 올지 몰랐는데
온통 회색빛 문명이
모든 풍류를 다 잡아간
삭막한 세상 속에 빠져있는 나

그래도 다행인 것은
소중한 추억이 내 뇌리에서
밤마다 살아 꿈틀거리는 것,
깻대가 타면서 나오는 연기의 내음까지
내 옷에 스며들어 있다.

그 가을의 진한 추억을 안방 아랫목에 깊이 묻는다.

88

작별

2019.3

지난 늦가을부터 버스정류장 산수유 가지에 붙어있던
조그마한 흙구슬 같은 곤충 알집이 하룻밤 사이
사라졌어요.

버스를 기다리며, 매일 인사하였는데 어디로 가버렸는지
누군가의 손을 탔겠지요.

행방을 찾으려 아래 땅바닥을 몇 번이고 훑어보았지만
소용없네요.

아쉬움에 차창에 흙구슬을 동그랗게 그려놓았습니다.

일송(一松)과 일타홍(一朶紅)의 이야기

2019.3

서산에 해는 뉘엿뉘엿
소나무 끄트머리에 숨어드는데
어렴풋한 그 옛날의 아련한 이야기 속
인물들이 어느새 이웃이 되어 있었네

한 떨기 고운 꽃처럼
향기로운 혼이 되어 죽어도 살아있는
두 사람의 애절한 사랑 이야기가 있었다는 것을
알고 나서야 찾은 것은 모두 나의 소치

금강에 부슬부슬 내리는 가을비에
차마 걸음이 떨어지지 않는 마지막 이별의 순간
일송(一松)의 눈물인지, 임의 눈물인지
붉은 명정(銘旌)을 적시고 있는 것은 두 사람의 눈물일
수밖에

살아서 못 잊을 사람을
죽어도 못 잊을 사람을
그리움과 정으로 정성을 다한 후에

90

영원토록 같이 있으니 다행으로 생각하고
오래된 비석을 어루만져 본다.

* 일송(一松) 심희수(沈喜壽) : 1548(명종 3)~1622(광해군 14), 조선
중기의 문신

봄의 소리

2019.3

어떤 것은 노랑이
어떤 것은 빨강이
어떤 것은 보랑이
어떤 것은 하얀이
어떤 것은 분홍이
어떤 것은 초록이
어떤 것은 파랑이
어떤 것은 진빨강이
어떤 것은…….
끝이 없다.
봄은 생명들의 잔치

모래땅, 진흙땅, 갯벌, 논두렁, 밭두렁…….
생명의 움큼들은
멈춤 없이 쏙쏙 올라온다.

우리는 이 세상의 주인(主人)이 아니다.
주인도 아니면서 주인처럼 행세하는 우리의 모습
우리는 그저 감사하는 마음으로 살아야 한다.

그저 우리만을 생각하는 욕심에 다른 이들이 병난다.
봄은 우리들만의 기다림이 아니다.
기다림은 온 만물이 마찬가지이다.

이천식천(以天食天)
천지가 모두 같다.
소중한 것은 모두이다.

쓰레기 산

2019.3

공든 탑이 무너지랴.
쓰레기 산은 무너져버린 우리 인간의 업(業)

아무도 중심에 없다.
너도나도 모두 책임인데 어떻게 할 수 있으랴.
오늘도 높아가는 쓰레기 산은
바벨탑의 모습이 되어간다.

쓰레기 산의 주변에 생명은 돋아나지만
개구리는 살 수 없다.

무섭다.
우리 모두 조금씩이라도 쓰레기 산을 낮출 수만 있어도
좋다.
생명이 있는 모든 것은 인간들을 지켜보고 있다.

우리는 우리만이 아니다.
우리를 넘어 모든 생명을 위한 푸른 세상을 향해서 깃발을
올리자.
더 늦기전에

제3부   일상의 행복

일상의 행복

2019.3.31

행복은 찾을수록 꼭꼭 숨는
보물 같은 존재

짐을 내려놓고
찬찬히
주위를 살피고 다른 생명들을 위하는
마음이 있어야
찾을 수 있는 보배로운 존재

우리는 모두 행복해야 한다.
불쌍한,
마음이 아픈,
상처받은,
살 곳을 잃고 방황하는 생명들
모두 일상의 행복을 찾아야 한다.

바람에 날리는 민들레 홀씨처럼
우리의 따뜻한 마음이
서로에게 미풍을 타고 전달되면 좋겠다.

그렇게 되면
행복한 세상은 우리 곁에
살그머니 올 것이라 생각해 본다.

삶의 굴레

2019.4.7

끊어지지 않는 생명줄을
마지막까지 부여잡고
당신의 몇 배나 되는 짐을 어디론가
끌고 가는 모습에
그저 고개 숙입니다.

누군가는 끌어야 할 짐이지만
삶의 굴레는
가혹하기만 합니다.

할머니가 무슨 죄가 있다고,
저렇게 모질게 내몰려질 수가 있나요.
그저 미안하기만 할 뿐,
어찌할 수 없음에 답답합니다.

우리는 앞을 못보고, 듣지도 말하지도 못하는
디지털 문명인이 되었습니다.
문명과 야만은 백지 한 장 차이입니다.
한 장 차이는 우리를 다르게 운명지웁니다.

할머니의 짐이 가벼워질 때까지
우리는 무엇을 해야될까요?
오늘도 생각해봅니다.

응암 대림시장

2019.4.20

우리 엄마, 아버지의 삶의 애환이 정들어 있는
시장으로 아이들과 나들이를 나섰다.
버스 타고 구불구불 고개를 넘으면 시장이다.

시장은 구경하는 곳이라 칭한다.
그래서 시장 구경이다.
어떤 것을 살지, 어떤 것을 사먹을지 모른다.
눈이 내 마음과 닿는 가게가 어디인지 찾는 재미가
쏠쏠하다.

주인장 아주머니가 뚝심있게 자리를 지키고,
오래된 손맛의 할머니가 오늘도
느긋한 인심으로 즐거움을 선사하는 곳이 있으면 OK
그저 부담없이 편할 뿐이다.

멸치육수가 구수한 잔치국수 한 그릇,
김이 모락모락 나는 잡채 한 접시,
푸짐하게 썰어서 내놓은 순대와 시래기 된장국물,
거기에 서울 막걸리 한 사발이면,

모든 걱정도 사라진다.

시장이여 영원하라.
이 맛을 아는 우리 아이들이 이 담에 또 아이들을 손잡고
찾아오도록,

콘크리트 문명이 판치지 못하도록, 시장은 살아있어야
한다.

벗에게

2019.4.13

펑하고 터져버린 봄의 축제
푸른 하늘과 하얀 꽃
이만으로도 행복의 첫 단추
나무는 나의 오랜 친구이지
조용히 친구에게 전한다.

벗아,
꽃피우느라 수고 많았다.
그리고 좀 더 길게 보자꾸나.
그런데 둘째 단추 맞추기도 전에
꽃비는 온 하늘을 흩날리는데

봄의 열정

2019.4.27

이 많은 잎들이 어디로 사라졌다가 다시 오는지
매년 그 많은 잎들은 우리를 풍족하게 하고 또다시
나타납니다.

그 많은 잎들을 자루에 담으면 얼마나 큰 자루가
필요할까?
숨었다가 다시 나타나는 기적
어린 시절 생각이 아직도 이어지는 것은 아직도 내가 철이
덜 든 것일까?

올봄도 녹색의 향연이 시작됐습니다.
연녹색에서 완전한 녹색으로 펼쳐지는 시간은 금방입니다.
놀랍고도 놀라운 마술의 힘, 해마다 봐왔지만, 아직도
모르겠습니다.

나도 그런 마술을 부리는 재주가 있다면
봄 같은 열정으로 돌아가고 싶습니다.
그래서 달콤한 낮잠을 청해봅니다.
꿈에서나 갈 수 있는지 모르겠지만.

어머니 2

2019.5.6

내 나이 사십팔세
우리 어머니는 팔십팔세, 나와 사십 터울 동갑

내 나이 여덟에 어머니는 사십여덟
내 나이 열여덟에 어머니는 오십여덟
내 나이 이십여덟에 어머니는 예순여덟
내 나이 삼십여덟에 어머니는 칠십여덟
내 나이 사십여덟에 어머니는 팔십여덟
내 나이 오십여덟에 어머니는 구십여덟
……

어린 시절부터 크게만 보였던 어머니의 뒷모습은
어느새 절반으로 줄어들어 있었다.

그리고 나는 언제부턴가 어머니의 건강이 최고의 소원이
되어버렸다.

이 세상 모든 어머니의 모습은 아름답다.
그들이 살아온 삶의 궤적들은 우리 삶의 밑거름이 되었다.

백발노인이 되어버린 어머니의 모습에서
미래의 나의 모습도 새겨 있다.

세상은 돌고 도는 것, 기꺼이 그 속에서 희로애락을
맛보아야 하는 것이 인생이다.

고향의 옛 모습

2019.5.16

구불구불 시냇물 끼고 이어진 길은
어머니 장보따리 이고 남원장에 다녀오시는 길

꾸불꾸불 논두렁 따라 산기슭까지 연결된 길은
아버지 집채만 한 삭정이 한 지게 짊어지고 오시는 길

꼬부랑꼬부랑 밭두렁 따라 학교까지 이어진 길은
책가방 메고 친구들이랑 신나게 집으로 오는 길

마을 앞 정자나무는 어찌나 큰지 어린 나에게 산이었다.
시원하게 하늘을 뒤덮은 위용은 우리를 충분히 돌보아줄
것만 같았고,
여전히 나는 살아오면서 큰 나무를 보더라도 고향에 있는
정자나무보다 작기에 무시한다.

그게 바로 나의 고향에 대한 그리움일게다.

숲의 고마움

2019.5.19

숲이 있으면
초록이 있으면
모두가 좋다.

새끼 낳아 기르는 산짐승도
알을 품어 부화시키는 날짐승도
매년 싹을 틔워 몸집을 키우는 풀과 나무들도
그리고
지치고 피곤한 인간의 몸과 마음도

숲에서는 모든 것이 편하다.
꾸밈이 필요 없어 편하다.

우주목(宇宙木)이 가득한
신령스러운 숲

여름

2019.5.26

지천에 가득한 여름꽃
개들은 혀를 길게 늘어뜨리고,
콘크리트는 열기를 아지랑이로 뿜는다.

먹구름이 와도 내릴 줄 모르던 빗방울도
참다참다 쏟아지면
그제서야
정신차리는 이파리들
그리고 자욱이 퍼지는
흙내음 가득

어느새 일몰과 함께 자욱이 퍼지는 저녁연기에
모기들은 천국처럼 날아든다.

인연

2019.6.2

면목 없는 사람

미안함이 차면, 때를 놓치고 주저하면

돌이킬 수 없는 상황에 봉착하는 것이 세상의 이치이다.

우리는 소중한 인연을 아낄 줄 알아야 한다.

동료에게도

이웃에게도

자연에게도

오늘도 세상은 돌아간다.

온 힘을 다해 흙을 뚫고 올라오는 새싹의 힘

작은 힘이 아니다.

누군가를 위해, 나를 위해,

그저 자기 할 일을 하는 모든 생물들도

모두 소중한 인연인 걸

소중함 그 자체이다.

저녁

2019.6.10

맑은 하늘 천둥소리에 세상은 놀란다.
이 많은 인조물들이 세상을 차지하고 있지만
그저 아주 작은 인간들의 세상 놀이일 뿐

한바탕 소나기에
모든 세상의 먼지는 대지의 품으로 스며들고,
태양은 완전한 원의 모양으로 먼 산 너머로 숨는다.
세상의 주인은 힘들다.
밤은 휴식이다.

꿀을 만드는 꽃

2019.6.15

5월 아카시아꽃이 지나가면
6월 밤꽃이 온다.

꿀이 많아 향도 많다.
그 덕에 아카시아꿀과 밤꿀은 봄에 나는 꿀의 대명사로
군림한다.

상큼한 아카시아꽃의 향은 어린 시절 용돈을 잡아먹었던
아카시아껌의 기억처럼 언제나 그 자체가 향긋
생긋한 밤꽃의 향은 잘 모르는 향기,
그저 밤꿀의 맛으로 기억한다.

세상 사람들 밤꽃향을 애꿎게 놀려먹지만,
그러지 마소.
꿀과 열매를 모두 주는 아름다운 꽃 그 자체이지.

이 밤도 창문 사이로 생긋하게 들어오는 밤꽃향에
마음은 고향이다.

여름의 시작

2019.6.23

6월 말
하아얀 뭉게구름이 7월 한여름의 것처럼
파란 하늘, 덩치 큰 소나무와 제법 어울린다.

시간을 잡을 수 있는 방법은
반복의 연속에서 나를 다시 바라보는 것과
그저 순종하는 것

인문학은 사람으로서 좋은 추억들과 지혜를 모아놓은
꿀 항아리
꿀을 따먹는 사람도 있고
그렇지 못한 사람도 있다.

좋은 사람들, 좋은 이야기들을 모아 모아
우리는 행복의 세계로 가야죠, 답은 따로 없는 거죠.

뭉게구름에서 피어나는 하얀 솜들이 엉키고 엉키어도
반복은 비를 통해 만물이 먹고 사는 것이죠.

양파

2019.6.30

엄동설한 견디려고
한 겹 두 겹 세 겹 겉옷을 겹겹이 입었어요.
그래서 새하얀 속살은 예쁘게 지켰지요.

까도 까도 계속 씨는 나오지 않아
속도 참 깊지요
씨는 어디에 두었는지 아무도 모르지요.

그러나 심은 숨어있어요.
마음이 깊은 사람처럼 양파는 중심을 가지고 있지요.

우리는 누구나 양파처럼 중심을 가지고 있습니다.
모든 일에 아름다운 중심을 가지는 것이 저의 희망입니다.

오늘도 처마 끝에 매달린 양파는 바람을 즐기면서 도를
닦고 있지요.

진관사

2019.7.6

북한산 좋은 터
맑은 바람
높다란 소나무
나이 먹은 느티나무
파란 하늘
바위와 친구삼아 세월을 잊고 흐르는 계류
정갈하게 쌓아 올려놓은 기단
반듯하게 자리 잡은 절집
친절한 웃음과 인사로 잘 왔다 생각이 나게 하는 스님들
가족, 친구들의 행복한 담소로 마음까지 편한 찻집의 풍경

그곳을 지나 산에 오르면 마음이 맑아진다.
무거운 짐은 산 위에 다 올려놓고 다시 일주문을 나선다.

자귀나무

한여름이 다가오면 어김없이
자귀나무의 꽃이 풍성하게 피어납니다.

공작 벼슬보다 촘촘한 진분홍의 꽃침들이
셀 수 없을 만큼 퍼져 고운 향기 바람결에 내뿜으니
이번 여름도 벌과 나비, 작은 새들로 붐빌 것입니다.

그 옛날 저는 짜구망치로 자귀나무를 기억합니다.
지금도 여름날의 자귀나무는 저의 오랜 친구입니다.

바람

2019.7.15

봄에는 가벼운 꽃바람
여름에는 시원한 산바람
가을에는 또렷한 산들바람
겨울에는 우수수 찬바람

그리고 또다시 꽃바람

시간은 바람도 제자리로 놓고 사알짝 빠져있지만
어디만큼 왔는지 알게 해주는 생명들의 움직임은
경이롭기만 합니다.

지구가 영원하기를…….

분수

2019.7.21

오르고 내리고
쏟아지고 솟구치고
바람이 흩뜨려도
다시, 또다시
멍하게 반복하는 3차원의 세계

다만, 한 가지 걸리는 것은
웃자란 나뭇가지가 분수에 갇혀
마음이 아플 뿐입니다.
다른 이도 이러한 마음을 갖고 있겠지요.
내년 봄에
가지치기 아저씨가 잘 돌보아주길 기대하면서
3차원의 세계를 벗어납니다.

술 한잔

2019.8.3

인생 뭐 있어!
한잔 술에 마음을 담아 기울이면 어느새 욕심 같은 것은
산산이 사라지는 것 아니겠소.

인생 뭐 있어!
한잔 술에 시름을 담아 기울이면 어느새 걱정 같은 것은
산산이 사라지는 것 아니겠소.

인생 뭐 있어!
한잔 술에 애증을 담아 기울이면 어느새 미움 같은 것은
산산이 사라지는 것 아니겠소.

인생 뭐 있어!
한잔 술에 우정을 담아 기울이면 어느새 불신 같은 것은
산산히 사라지는 것 아니겠소.

인생 뭐 있어!
한잔 술에 우애를 담아 기울이면 어느새 불화 같은 것은
산산이 사라지는 것 아니겠소.

인생 뭐 있어!
한잔 술에 금실을 담아 기울이면 어느새 갈등 같은 것은
산산이 사라지는 것 아니겠소.

그렇다고 많이는 마시지 마소.
모든 것을 잃을 수 있으니,
모든 것은 적당할 때가 좋소.

은행나무 그루터기

2019.7.28

애써 키워놓은 몸뚱아리를
아무 상의 없이 베어 눕혔습니다.
나는 아무 이유 없이 눈물만 눈물만 흘렸습니다.

그랬더니 마술처럼 그 눈물은 생명의 씨앗으로
파랗게 솟아났습니다.

이제 두렵습니다.
누가 와서 또 나를 밟아놓을까 봐
그래서 조금씩 조금씩 클 것입니다. 눈에 띄지 않게요.
그러니 관심 좀 꺼주세요. 내가 클 때까지 어떤 눈길도
주지 마세요.

배롱나무

2019.8.7

매끄러운 피부에 그 뻗는 자태가 남달라
예부터 고택과 함께해 온 양반 같은 나무

고색창연(古色蒼然)한 기와집과 잘 어우러져
빨간 꽃을 주렁주렁 펼치니
주위는 온통 화사해진다.

백일동안 꽃 잔치 계속되니
지나가는 모든 객들 눈여겨본다.
곳곳에 하얀 꽃들도 보이니
그 이름도 어쩌면 백(白)일홍이 맞을성 싶다.

나이가 들어도 키는 크지 않고
점잖게 자리잡으니,
꾸준히 사랑받아 온 비결이지 않을까?

여름 들판

녹색 들판이 반듯하게 멀리 먼 곳까지
강산과 어우러지면
소나기 한바탕 퍼붓듯이
그 푸르름과 상쾌함이 마음속에 깊숙하게 들어온다.

어머니, 아버지의 땀들이 일구어낸
세상 어디에도 없는 녹색 장원
정갈하게 우리들의 양식(糧食)이 자라는 곳
스쳐가는 바람에 묻어나는 이 천국의 향기는
나의 영원한 노스탤지어로 이름지워진다.

가을의 시작, 비염

2019.8.24

8월의 끝자락은 여름과 가을의 교차점
땅거미가 지면 귀뚜라미는
자기 세상인냥 여기저기 부산하게 울어댄다.

태양도
남쪽 나라로 조금씩 가고 있어
밤에는 이제 서늘서늘해져
이슬을 송글송글 만들어낸다.

밤송이는 가시머리를 삐쭉삐죽 세워
집을 지어 새끼를 보호하고
감은 제법 커서 가지를 땅으로 향하게 한다.

그런데 나는 가을의 시작이 무섭다.
가을의 청명한 하늘과 기운은 더할 나위 없이 좋지만,
혼자만 싫어하는
내 말을 듣지 않는 놈이 내 몸에 있다.
코가 그놈이다.
한 달 정도는 조련을 해야 말을 들어먹는다.
하여튼 오래도 준비를 단단히 해야 할 것 같다.

123

까치와 참새

2019.9.1

늘 보아온 친구
그저 편안함만 묻어있는 새들

내가 아는 척을 해도
역시 자기 할 일만 한다.

아는 척만 안 하지
그들도 내가 누구인지 알 것이라고 애써 믿어보곤 한다.

그래서인지
아침이 오면 어김없이 친구들이 있는지
궁금해 내다본다.

그들의 소리로 아침 정원은 완성된다.
행복한 아침의 시작을 알리는 소리
경쾌함과 반가움의 소리

친구는 친구이다.

태풍

2019.9.1

큰 바람 일어
산과 바다를 흔들어 깨운다.

죽은 것들, 산 것들 모두
하나가 되는 순간
바람소리만 굉장하다.

섞이고 섞여 대자연은 항상(恒常) 그대로의 모습으로
우리 앞에 말끔한 산수화를 선물로 내놓는다.

초가을 달빛 산책

2019.9.13

촌놈들은 나락 익어가는 내음을 기억한다.
아직 녹색을 머금고 있는 잎들과
벼이삭들에게서 나는 들판의 내음이야말로
한여름을 겪은 그들만의 축복이라는 것을

촌놈들은 커다란 달이 만드는 야경(夜景)을 기억한다.
분주하게 움직이는
생명체들에게서 들리는 소리야말로
어둠과 싸우는 달빛처럼 경이로움 그 자체라는 것을

이 모든 것은 조물주의 뜻처럼,
나의 뜻처럼 하늘을 우러러 동조해 본다.

나팔꽃

2019.9.22

나팔소리 들리지 않지만
나팔꽃은 나팔을 닮았다지요.
철책 펜스도 잘 넘고, 가시넝쿨도 잘 올라가지요.

그러나 무엇보다도 더 매력적인 구석이 있습니다.
사랑스러운 색입니다.

분홍색, 진분홍색, 보라색, 흰색…….
어차피 우리의 언어는 한정되고
표현은 늘 부족하며,
눈으로 보는 색이 진짜 내 머릿속의 색입니다.

뚜렷함이 있는가 하면, 포근함이 펼쳐지는
섞인 것 같으면서도 고유의 존중감이 있는
화장기 없으면서도 자신감이 당당한
자연의 색은
오늘 아침에도 내 곁에 있는
마음속의 동경 그 자체입니다.

계수나무

2019.10.5

달나라에서 온 계수나무
파란 하늘에 그대로 박혀버린 듯
반듯하게 자란 큰 가지에 높은 구름도 뛰어넘고 있다.

하루 이틀 먼저 이별을 고한 잎들은
떠나지 않고 자신을 태워 향수(香水)를 만들어낸다.

아마도 초콜릿 향기는 이보다 더 못할 듯
신비스럽게 모든 것을 잊게 해주는 묘약처럼
가을이 주는 최고의 선물로 명하노라.

이제 한 보름 동안은 계수나무와 나는 절친이다.

가을
2019.10.9

시원한 하늘선이
코스모스와 어우러져 하늘거리면
가을은 정점이다.

지구의 가장 아름다운 모습인
창공을 바라보는 모든 생명들은
아마도 그 순간 하늘이 높다는 것을 알 것이다.

인간의 것이든, 자연의 것이든
결실을 맺는 가을의 소리는 모두 경이롭다.
조용하면서 요란한 색들의 변화는
풍요로움을 만들어내는 아름다운 몸짓이다.

축복의 가을
모든 것은 조물주의 뜻이고
생명들은 축복을 받고 있다.

小窓多明使我久坐

주목

2019.11.3

살아 천년, 죽어 천년
전설처럼 위대한 주목의 삶은 제쳐두고

지금 나에게 주목은
정원 속의 트라이앵글과
빠알간 전구로 꾸며진 크리스마스 트리이다.

새빨간 열매 속에 귀엽게 박힌 앙증맞은 씨와
진초록의 빽빽한 이파리들은
정원사의 모양대로
트라이앵글이 되고, 달항아리가 되어 환한 불을 밝힌다.

살아 천년, 죽어 천년
그냥 당연히 여기에 서 있는 것이 아니라,
늘 베푸는, 고맙고 소중한 우리의 친구로서
고마움을 알아야 한다.
그래야 언제까지나 우리와 같이 할 수 있으니까

살아 천년, 죽어 천년

오늘도 우리와 같이 함께하는 친구
영원하라, 생명이여

고향 2

2019.10.21

고향은 가을의 한복판에서 나를 적나라하게 맞이하였다.
나는 따뜻한 가을 햇살을 맞으며
그 옛날 걸었던 길을 더듬는다.
누렇게 익은 가을 들판의 위력감은
나그네가 된 나를 그렇게 그렇게 흔들어놓는다.

그리고 남는 것은 언젠가
텅 비어버릴 들판 같은 내 마음
그렇지만 그 들판이 내 고향이라 괜찮다.
한없이 비워져 망설일지라도 내 고향은 괜찮다.
내가 가장 사랑하는 바로 그곳, 나의 고향이여!
내 마음속에 영원하라.

제4부

사계(四筭) 예찬

늦가을 나무 예찬

2019.11.24

계절이 가는 풍경 속
그칠 줄 모르는 오후의 비는
날이 저무는 것조차 빠르게 재촉합니다.

한 모금 마시다 다시 토해낸 듯
쏟아 내버린 여름의 흔적들은
이리저리 밟히고 밟혀 그저
가장 낮은 자세로 세상과 딱 달라붙어 있습니다.

그렇지만 그들에게서 전해오는
맑고 향긋한 이 가을의 시원한 향기는
늦가을에만 가질 수 있는 짧은 행복입니다.

생채기가 나도 피는 나지 않지만,
마지막 힘을 다하여 뿜어내는
그의 향기는 단풍(丹楓) 그 자체입니다.

이 밤
쓸쓸하게 서 있는 그대를 바라보며

한여름의 푸르름과 시원함을 선사하였던
그대를 나의 친구로 영원히 명명합니다.

12월

2019.11.30

11월 30일
낙엽, 늦가을의 햇살,
그리고 간간이 불어오는 차가운 바람이
이 계절을 전부 대변하고 있습니다.

된서리가 내렸는데도
클로버는 어떻게 버텼는지
푸른색이 유난히도 눈에 띕니다.

산에 도토리 떨어진 지는 벌써 옛날이 되어 가고
산짐승들도 겨울을 맞이하느라 분주하겠지요.

나는 무엇을 하고 있는지
가만히 생각해보면
아직도 표류하는 돛단배처럼
이 가을을 보내고 있습니다.

내일부터는 겨울인데
그저 따뜻한 겨울이 되었으면 좋겠다는 생각을 하고

시계의 초침을 멍하니 바라봅니다.
착칵 착칵, 12월 1일의 시작입니다.

커피 1

2019.12.15

커피 한 잔에
이야기꽃이 피었습니다.
너와 나의 진솔함이 오고 가고
심신이 쉴 수 있는 시간을 봅니다.

커피 한 잔에
따뜻한 마음을 간직했습니다.
서로의 따뜻한 마음을 보고
너의 존재를 소중하게 여길 수 있는
소중함을 얻었습니다.

커피 한 잔에
자그마한 여유와 위로를 갖습니다.
평범하고도 소박한 일상의 작은 행복
여기에 책 한 권 꺼내 들면, 커피는 더욱 더 빛나는
오랜 친구로 거듭납니다.

창가의 따뜻한 겨울햇살에 커피향이 가득합니다.
사람들은 마냥 행복해 보입니다.

동지(冬至)

2019.12.22

동지가 되면
모든 살아있는 생명체들은 마음이 쫄아듭니다.
어두움이 내려오고
온 천지가 어둠 속으로 사라지면
그들은 보금자리로 자취를 감추고
세상은 문을 닫은 상점이 되지요.

밤이 된 세상
어둠이 가득한 동지를 지새우며
새로운 시간축의 시작을 또다시 속절없이 바라봅니다.
시간은 무조건 앞으로 앞으로 가지만
무한의 시간 속에서 반복만 있습니다.

한 치의 오차 없는 우주의 질서와 마주하며
돌고 돌아
봄, 여름, 가을 그리고 겨울
계속되는 반복 속에서 생명체들은
시간의 굴레 속에 자리잡습니다.

따뜻한 겨울날

2020.1.11

동장군은 어디로 갔는지
올겨울은 유난히도 따뜻하다.
겨울비가 내리 3일 동안 내려도
좀처럼 눈으로 변하지 않는 겨울날
모퉁이에 숨어있는 풀들은
푸르름을 간직한 채 봄을 맞이하려나.
수북하게 떼를 지어
아직도 싱싱함을 유지하는 클로버들은
그대로 겨울을 나려나.
된서리도 없어 봄을 더 재촉하는
겨울날이 계속된다.

한강물은 얼지않고 유유히 서쪽으로 향하고
그 옛날 하얀 눈이 펑펑 쏟아지는 겨울을 보고 싶은데
대(竹)바람에 시원하게 쏟아지는 바람소리 듣고 싶은데
언제쯤 오려나, 곱고 고운 눈꽃 세상
창밖은 맑다.
바람 한 점 없다.

순창 채계산(釵笄山)

2020.1.25

달빛 아래 창을 읊으며 고운 자태를
드러내는 월하미인(月下美人)
비녀는 높다랗게 솟구친 봉우리의 모습인지
여인의 비녀가 산 이름이 되어버린
순창 화산(華山)

화산옹(華山翁)은 어느 세계에서 왔는지
커다란 그 모습에
화산을 지키는 신비스러운 영(靈)이 되고
덩그러니
산과 들과 강을 모두 지키고 있다.

칼바위 능선들은
수십만 권의 책들을 가지런히 포갠 듯이
매달려 있어 책여산(册如山)이 되어버렸네.

빠알갛게
섬진강을 불태우며 들판을 건너
내 얼굴에 달라붙은 태양은
장엄 그 자체로이다.

겨울산

2020.2.2

참나무 숲 내음이 가득한
뒷산을 걸으며
하루를 마감한다.
지나간 시간들의 무게는
산에서 털고
지는 태양을 향해
소망을 실어 보낸다.

산은 존경의 대상이다.
겨울산! 춥고 초라한 듯 쓸쓸해 보이지만
오히려 인간적이다.
적나라하게 보여주는 속살은
행복이라는 봄을 꿈꾸는 인간들에게
위안을 준다.

나무들의 숨결이 느껴지는 겨울산
가벼워진 발걸음으로 내려온다.

첫눈

2020.2.4

첫눈이 내린다.
내 눈엔 처음이다.
쬐끔 내리다 멈춰버린 눈
온데간데없이 자취를 감춰버린 눈
아쉬움도 순간처럼 사라진다.

언제나 눈꽃송이 쏟아질려나
데구르르 흰둥이가 좋아 죽을 눈이 언제나 오려나
보고 싶다.

세상 가득히 내리는 눈을 맞으며
처지고 나쁜 마음을
깨끗하게 닦아버리고
경쾌한 내 모습으로
순수한 우리의 모습으로
앞으로 앞으로 걸어가면 될
펑펑 눈 오는 날을 기다리며
애써 발자국을 찍어본다.

봄은 좋아도

2020.2.23

새봄은 있어도
새여름, 새가을, 새겨울은 없다.
순환의 시간 속에서
우리는 새로움이란 출발선을 만들어 놓는다.

그저 보면 어제의 내일 뿐인데
변하는 것은 인간의 마음뿐인데
또 야단법석 떠는 것은
순수하지 못한 인간들의 잔치를 위한 것

옹달샘처럼
차갑고 깨끗한 세상은 오지 않을 것
잔치도 아닌데 잔치판만 만드는 그 어리석음을
모르는 세상

파헤치고, 차단하고, 세우고, 더럽히고
생명의 가치를 생각하지 못하는 세상이 되어버린 지금

우리는 모두 죄인이다.

봄이여!

2020.3.7

2020년의 봄은 최악이다.
코로나19라는 놈이 어디서 왔는지
온 세상을 들썩거린다.

늘 하던 일들을 못하게 하니
돈도 안 돌고
서로 모여 느끼는 행복도 빼앗아가니
세상사는 즐거움도 줄어든다.

그놈이
언제쯤 가버릴는지
모든 이의 마음속은 하나이다.

시간을 거스를 수 없다.
꽃들이 만개하는 화려한 봄날이 금세 다가온다.
그때가 되면 세상일은 평온해질 거라고 기도하며,
마음껏 봄을 노래할 준비를 하련다.

어둠

2020.3.14

저녁이 오면
창밖으로 깔리는 어둠이 무서워
내일이 오는 시간이 두려워
애써 마음을 다져보지만
어느새 새벽이 오고
그가 두려워했던 시간은 눈앞에 다가온다.
그리고 금세 내 그림자 뒤로 사라진다.

두려움을 떨치기 위해
영원함을 찾아보지만
영원함은 어디에도 없다.
죽음은 무(無)다.
영원함이 아니다.
여러 가지 생각을 거듭해보지만
이렇게 사는 것이 진리인지?
아무도 모른다.

답은 무얼까?
이 순간을 보배처럼 여기고 사는 것이 아닐까?

어둠이 오더라도
내일의 태양을 품은 산이 있으니까,
폭풍이 오더라도
사나운 바람을 잠재울 산이 있으니까,
홍수가 나더라도
넘치는 강물을 받아줄 바다가 있으니까.

잊어버리고 모든 것을 사랑하면 될까?

커피 2

2020.3.22

커피를 보면서
한숨 쉬는 사람은 없을 것 같다.
커피 물을 준비하는 순간은
그저 행복스럽다.
모락모락 올라오는 향기에
순간 모든 걸 잊어버리려 애써본다.

힘든 일을 하는 사람들도
믹스커피의 달달함에 피로를 털고
순간을 달래면서 일하는 것도
불행은 아닐지어다.

우리는 언제부턴가 기댄다.
사는 것 자체가 즐거움인지 고통인지
생각조차 필요 없다.
매일매일 먹는 치료제로 커피가 있어
순간 고통은 사라지니까.
지금 이 순간
커피 한 모금을 삼키면서 느끼는

그 자체가 나만의 철학(哲學)이다.

커피여!
너와 함께 행복을 가져보리라.

수험생

2020.4.19

아무도 없는 방
정적만이 흐른다.
움직이는 것은 시계 초침과
창문 너머 새들과 구름뿐
그리고 간간이 흘러들어오는
바람결에 움직이는 커튼의 움직임
순간 난 무엇을 하고 있는지
철학적 물음에 휩싸인다.
고독도 무서운 적이다.
공부가 무언지, 왜 하는지, 해서 뭐 하는지
온갖 잡념에 사로잡힌다.
다른 사람들은 이 순간 무엇을 하고 있는지
괜히 궁금해진다.
아무 걱정 없이 쉬고 있는 엄마, 누나, 아빠…….
놀고 있는 대학생들이 부럽기도 하고,
머릿속에 온갖 군상들이 스쳐간다.
꼭 이겨내야 하는 강박은 역시
책과의 싸움에서 누가 이기는지 나를 다짐해본다.
그러나 시간은 나를 점점 몽롱하게 하고

책이 베개가 된다.
해방이다.

한숨 자면 머릿속이 깨끗해진다.

4월말 5월초

2020.5.3

시절 좋다는 말은 요즘을 두고 말하는 것
자연의 시간은 어김없이 흘러간다.
강물처럼 지나가는 시간 속
생명의 시간은 대자연의 옷을 완전히 바꾸어버린다.

4월말 5월초는
초록색이다.
그야말로 그린토피아이다.

나는 한 순간 한 순간 지나가는
시간을 아쉬워하면서 산과 나무들을 바라본다.
지나가는 바람에도 머릿속 인사를 한다.

산바람, 강바람, 바닷바람
시원함은 초록과 잘 어울린다.
지나가는 바람은 시간의 흐름, 공간의 흔적
흘러흘러 어디론지 사라지는 바람을 따라
나의 마음을 실어보면
그저 흘러가는 세월이 되고

내 인생은 그 속에 있는 작은 시간

한 시절 또 지나가는 4월말 5월초의 대문을 지나
사람들은 각자의 인생을 살면서
희로애락(喜怒哀樂)을 작은 오선지에 그린다.

4월말 5월초
시절 중의 시절
이레 전에 심은 옥수수가 얼굴을 내민다.
반갑고 또 반갑다.
나처럼, 너처럼 소중한 우리를
일깨워주는 4월말 5월초

여름이 오는 길목

2020.5.18

여름을 재촉하는 비가 온다.
이 비 오고 나면 초록색은
더욱 깊어질 것이고
새들은 더욱더 소리내어
짝들을 찾아
가족을 이루고
새끼 낳아 생명의 의무를 다할 것

태양에너지를 향해
어느새 훌쩍 커버린 가로수는
가차없는 사람의 손길 앞에 속수무책 당했지만
놀리듯이 커다란 몸통에서
곁가지를 내어 우람한
대목(大木)을 향한 꿈을 드리운다.

바람 불어 잎들이 하늘하늘거리는 모습은
마치 이리저리 장발(長髮)을 휘저어 놓은 것 같지만
이내 반듯하게 정렬하는 나무들을 보며
시원한 빗줄기도 한바탕 몸으로 느끼고 싶은

상쾌한 초여름의 힘이 발산한다.

백로는 유유히
새하얀 몸을 강빛에 비추이고
순간 세상 모든 일은 정적(靜寂)처럼 고요한데
남쪽에서 불어오는 바람은
빨간 장미 가시넝쿨 속을 신나게 지나간다.

지하철

2020.6.13

사람들은 말이 없다.
비좁은 틈을 겨우 핸드폰을 볼 수 있도록
자기만의 공간을 확보하고
무엇인가 보고 있다.

세상 돌아가는 소리에 귀 기울이는 사람들

그 시간 아무도 간섭하지 않는다.
아니 너와 나에 관심없다.
걱정거리일랑 잊어버리고 보여지는 것을 찾아
그저 보고 들으면 그만이다.

그러다가 때가 되면 타고 내리고
모이고 흩어진다.
우르르 몰려나가는 인파들
계단을 오르고 내리고
서두를 수도 없다.

천태만상(千態萬象)

이 지하공간 속에서
하루 중 가장 많은 사람들의 얼굴을 본다.

시공(時空)을 지나
목적지를 찾아 반복하는 열차는
매일 시작과 마무리를 한다.
매일 매일 가는 곳에
매일 매일 나를 태워다주는 너를 보며
30년 전 너를 처음 본 기억 속에 나를 태워본다.

유리창에 비친 나
지나가는 나트륨등(燈)을 보며
시간의 터널을 지나면 영접하는
오! 밝은 세상

아침이 오는 소리

2020.7.2

까까까
찌렁찌렁
뻐뻐뻐꾹 뻐꾹
휘욱휘욱
끽끽끽끽
찌르르룩 찌루룩
짹짹짹짹
별별놈의 소리가 다 있다.

새벽도
4시 반인데도 훤하다.
어얼리 버드들이
참으로 시끄럽다.
그렇지만 경쾌해서 좋다.
가만히
더욱더 귀를 귀울이면
세상의 득음을 할 듯

누구를 부르는 소리부터

밥 먹으러 가자는 소리인지
밥 달라는 소리인지
어디 가자는 건지
심각하지는 않다.
그저 바쁘고 부산하다.

오늘도 시작을 알리는 그들의 노래는
녹색 손들의 사이 사이로
창문을 넘고
침대에 파고들어
에너지를 환하게 발산한다.

언제까지도 천상의 노래는
울려퍼지고, 내 맘속에
영원할지니
천국이여, 천국이여 그곳은 바로
내가 살고있는 이곳일 듯

봄의 찬가

2020.4.1

꽃이란 이름은 예쁘다.
잎이란 이름은 싱그럽다.
봄은 꽃과 잎들의 세상이다.
그 속에서 모든 것은 평화라고나 할까?

펑펑 터지는 생명들의 잔치 속에
쏙쏙 돋아나는 자연의 빛들은
찬란한 축복이다.
아니 야단법석(野壇法席)이 맞을 것 같다.

누가 하는 일인지?
땅속에서 하늘까지 만물을 움직이게 하는
이 얼마나 신성한 공역(工役)인가?

우리는 우주의 큰 질서 속에
순종할 뿐
거스를 아무 이유도 없다.
그저 감사한 마음만 있으면 된다.
이 아름다움을 바라볼 수 있는 좋은 객(客)이면 된다.

160

여름비

2020.7.13

초록색 잎들 사이로 흘러내리는 빗물 따라
젖은 땅은 생명의 내음을 흠뻑 발산한다.

대지는 어머니처럼 모든 생명을 안아
무엇이든 소중하게 만든다.
그 많은 산소와
그 많은 양식들을 뿌려놓고
가만히 내버려 둔다.
그저 왔다가 가는 손님들만 있을 뿐
누가 와도 가리지 않는다.
생채기를 내도
때려도
가만히 있는다.

봄, 여름, 가을, 겨울이 돌고 돌아도
억만 년을 돌고 돌아도

변하는 것은 오직 인간의 마음일 뿐

어린 시절 장마철의 기억

2020.7.19

안산 하얀 안개구름이
손에 잡힐 듯 포근하게 걸쳐있다.
할 일 없이 마루에 걸터앉아 있으면
밤사이 내내 내린 비도 잠깐 멈추고
휴식을 취하고 있는 모습으로 보인다.
마당은 질퍽질퍽
고무신은 위태위태
놓여있는 돌들이 아니 원래 있었는지 모르지만
눈에 더 들어온다.
대문을 빠져나가
감나무 다무락* 사이를 지나가면
온통 여기저기 모인 물들이
누렇게 폭포를 이루고
북쪽으로 흘려 내려가는 시내는
온통 황톳빛으로
섬진강을 향해 쏜살같이 내달음친다.

사람들이 버려놓은 생활의

———
* '담'의 방언

162

오물들을 일소해버린 정리감이라고나 할까
바라보면 바라볼수록
물살에 빠질 듯이 집중이 된다.

모든 걸 끌어안고 내려가는
자연의 신비로운 모습에
한참 동안 멈춰진 눈길은
물길이 되어 먼 곳까지 자연스레 떠내려간다.

곧이어
밭에 가자고 어머니가 부르신다.
깻모 옮기러 가자고,
먹구름이 손에 닿을 듯 몰려오는데….

중년(中年)

2020.8.18

나의 마음은 파란 하늘
아니 그 하늘이 비친 파아란 바닷물결처럼
청춘을 닮은 봄이지만
이미 늦여름을 지나
가을 문턱이다.

나의 생각은 코스모스처럼
시골 한적한 길가에서도
꽃을 피우며
바람 따라
자유로운 영혼을 꿈꾸지만
삶의 무게는
그 순수함을 허락하지 않는다.

세월이라는 것이 무상함을 알면서도
삶의 현실에 서서
열심히 달려온 청춘들
주저함도 없었지만
이제는 겁많은

불쌍한 중년이 되어버렸는지

내 어깨 위의 짐이
한 몸처럼 되어버려 내려놓기도 힘든
'아름다운 인생'이라고 수놓고 싶은
나의 자화상

명옥헌(鳴玉軒)

2020.10.1

옛사람들 다 어디 가고
백일홍은 누구를 보고 있느뇨
어즈버 삼백 년을 함께한 세월 동안
그 모습 그대로 간수하니
빛나는 명소가 되었도다.

끊임없이 어제나 저제나
흐르는 물은
역시나 한결같이 제자리를 지키니
아름다운 소리에
나그네는 모든 시름 잊어버리누나

방에 앉아 바깥세상 살피니
세상의 주인이 되어버린 듯
가벼워진 마음을 정갈하게 다듬어보며,
모든 욕심 내려놓고
가련다.

고개 들어

166

파란 하늘 바라보며
다시 연못을 보니
하얀 구름 석가산(石假山)을 넘어가고 있구나.

가을의 사색

2020.9.12

8월이 가고 9월이 오니
나무 끝자락 한잎 두잎 붉은 빛이 드러나는 정원
내 삶도 그 자연을 닮아
하얀 머리카락이 하나둘 늘어가는데
청춘은 어데가고 남은 것은 무언지
나는 어디로 가는 건지
결국 끝없이 죽어버린 생명들을 보며
욕심을 버리는 것이 답이면 답일 것인데
그러지도 못하는 불쌍한 인생살이

어떻게 살지 생각하고 또 생각하고
옛 선배들의 말에 귀 기울여보지만
돌아오는 것은 다시 삶의 현장

인생은
치열한 모순(矛盾)의 모퉁이를 돌아
다시 출발선으로 돌아오는 경기장의 선수들처럼
시간이 허락하는 한 돌아야 하는 숙명인 것을

끝이 없다.

단풍

한 잎 두 잎 빨갛게 불태우고
죽어가는구나.

아무도 말리지 못하는 행렬

석양 노을은
빨갛게 구름을 태우고
태양을 침실로 모셔간다.

태양이 가고 나면
산산이 이어지는 바람에
여기저기 이산가족들의 울부짖음

컴컴한 밤을 지새우는
코스모스는
내일 아침
안녕 인사를 잘할는지?

청년 의병장 충의비

2020.11.8

새까만 돌 위에 새겨진
그 옛날의 기록들은 무엇을 알리려고 하는지
반듯한 줄에 정갈한 문자들

한 자 한 자 더듬어보면
범접할 수 없는 담대함이
어깨를 누르지만,
앳된 30대의 청년의 얼굴이었을…….

그렇게 그렇게
연결하며 연결하며
우리는 여기까지 왔으니,
얼마나 고귀한 존재인가?

그 역경 속에서도
살기 위해 몸부림치고
생명을 살려 후대에 물려준 고마움은

해가 뜨고 달이 지고

비가 오고 눈이 오고
바람이 불어도
영원하리라.

큰 산 작은 산

2021.2.12

큰 산을 오르려면 작은 산을 만난다.
작은 산은 오르락내리락 퍽 귀찮지요.
그리고 큰 산을 보지 못하게 방해도 해요.
구불구불한 산길을 따라
정겹게 펼쳐진 계곡의 바위들이며,
어여쁜 꽃들을 보지 못하고
흐르는 물에 생각을 담아보지 못하면
다리만 아플 것인데
그저 빨리 가려고 하는 사람들이 많지요.

큰 산은 항상 마음속에 있어요.
따로 큰 산은 없지요.
그렇게 생각하면 편하지요.
그래야 마음도 깨끗하게 비울 수 있겠지요.

마음속 큰 산을 향해 오르고 오르면
정말 파란 하늘과 마주치는
값진 행복이 있을 것입니다.
큰 산은 따로 없고,

마음속에 항상 있을 것입니다.
큰 산을 따로 찾지 마시고
이따금 크게 그려보세요.

삶과 죽음

2020.12.20

불현듯 고등학교 시절
돌아가신 고모님 생각을 해보았다.
삶은 끝없이 연결되어 낮과 밤 거듭하지만
언젠가는 죽음을 피할 수 없는 게 현실인데
지금의 나를 움직이는 생각들은
가까운 미래에만 급급해하는 것은 아닌지?

노자(老子)와 장자(壯者)를 접해보지만
현실은 나를 자유롭게 해주지 못할 것이 뻔하다.
생각 자체의 생각으론 나를 찾지 못할 듯한데
생각뿐인 이상향 속에서
그저 무재칠시(無財七施)에나 힘써 볼란다.

꽃

2021.3.27

꽃이여
이 신성한 생명의 외침이여
들이며 산이며
세차게 피어나는 생명의 이음이여
네가 있어 내가 있고
내가 있어 네가 있고
소중함을 어떻게 표현하리
그저 바라만 볼 뿐이요.
영겁의 세계 속에서
너와 나는 인연 중의 인연
고이 간직하여 옹달샘에 비춰보리

봄바람

2021.4.19

어디서부터 오는지
봄바람은 상큼도 하다.
내 마음은 어떤지
봄바람을 닮아보면 어떨지
그저 바램일 뿐
이것저것 생각이 복잡한
중년의 남자

먼 산 꿩 날아오르는 소리에
먼 산 비둘기 구구 우는 소리에
어린 시절 기억들이
새록새록 돋아나지만
여전히 그 옛날의 소년은 아니다.

봄날은 짧다.
내 인생의 봄날은 언제였는지
애써 생각해보지만
계절이 없었던 나날들의 연속은 아니었는지

내일은 여행을 떠나볼까?

울진으로

시퍼렇게 달려드는

동해바다의 파도를 생각하며

봄바람을 온몸으로 부딪혀보고 싶다.

수평선 너머에서

오는 봄바람을 마음껏 마시고 싶다.

구례 화엄사

2021.5.8

5월 신록이 하늘과 맞닿아
푸르름은 바람 따라 출렁이고
흰구름은 멈춰있다.

어머니 모시고 계단 올라
대웅전 부처님께 합장하고
마루에 앉아
높다란 각황전을 올려보며
18년 전 이 자리에 앉아있던
어머니와 나를 생각해본다.

어머니는 90, 나는 50
동탑과 서탑은
시간이 흘러간 흔적도 없이
수도(修道)를 하는 중

나도 이 순간 영원(永遠)을 바라면서
그때 그 자리에서
하늘을 올려본다.

풍경소리 한 방울만 지나가는
정적의 순간
범종의 울림이 다정하게만 들린다.

오월 마지막 날의 밤비

2021.5.31

깜깜한 밤
나뭇잎에 떨어지는 세찬 빗방울 소리
창문까지 바람 타고 두드리는데
왠지 내 마음까지 서글퍼지는데

자정이 지나가고
어둠 속 그 까만 어둠 속에
무엇이 있는지
칠흑 같은 방에 혼자서 무서움을
달래고 있습니다.

어둠 속
아무것도 없는지 알지만
마음속
온갖 상념으로 가득 차
누군가와 함께 있습니다.

이따금
천둥소리에

5월의 마지막 밤은 지구의 신비까지 더해지고 있습니다.

밤은 깊어지고
비는 주룩주룩
내일 아침에는 환하게 개었으면 합니다.

이제 꿈나라로 가봅시다.

청춘의 기억들

초판 1쇄 2021년 08월 09일

지은이 한상우
발행인 김재홍
총괄 · 기획 전재진
디자인 김은주 김다윤
마케팅 이연실

발행처 도서출판문학공감
등록번호 제2019-000164호
주소 서울특별시 영등포구 경인로82길 3-4 센터플러스 1117호(문래동1가)
전화 02-3141-2700
팩스 02-322-3089
홈페이지 www.bookdaum.com
이메일 bookon@daum.net

가격 12,000원
ISBN 979-11-5622-616-1 03810